Herderbücherei

Band 525

Über das Buch

Mit diesem Band setzt Emil Waas fort, was er mit dem „Heiteren Schilder-Sammelsurium“ angefangen hat. Die Presse schreibt darüber:
... Ein köstlicher Spaß von einem Buch. Genauer: von einem Taschenbüchlein. Und wieder einmal zeigt's sich: Das äußere Format hat zuweilen überhaupt nichts mit dem inneren zu tun. So auch hier; denn Emil Waas hat den zunächst unfreiwilligen Humor des internationalen Schilderwaldes findig aufgespürt und ihn dann geistvoll auf die Schippe genommen. Die dokumentarischen Bilder sprechen für sich. Und Hanns Bücker hat in seinem kurzen Vorwort noch eine gehörige Prise an geschriebener Ironie hinzugetan. Aber den Vogel schießt natürlich der Heidelberger Emil Waas ab.

„Die Jugend von Heute“

... Mit neuem Elan mag sich der Leser nach der Lektüre dieser originellen Schildersammlung in den Schilderwald stürzen, um sie vielleicht mit eigenen Beobachtungen zu ergänzen. Damit die Belustigung nicht nur einem einzelnen Genußspecht vorbehalten bleibe, sei dieses „Heitere Schilder-Sammelsurium“ zur Verwendung etwa bei einem „hausliterarischen“ Abend empfohlen.

„Rhein-Neckar-Zeitung“

Über den Autor

Emil Waas, Jahrgang 1919, Graphiker und Inhaber einer Werbeagentur in Heidelberg, ist leidenschaftlicher Sammler (zum Beispiel) von Schildern, die er in „Heiteres Schilder-Sammelsurium“ (Herderbücherei Band 438) vorlegte, oder von alten Zeitungsausschnitten, die für ihn nicht nur kuriose, sondern vor allem kulturgeschichtliche Dokumente sind.
Weitere Taschenbuchveröffentlichungen: „Kuckucksuhr mit Wachtel“, Reklame der Jahrhundertwende (dtv Nr. 448), und „Erwarte Näheres unter vier Buchstaben“, Kleinanzeigen und Pressenotizen der Jahrhundertwende (dtv Nr. 569). „Es beginnt damit, daß am Ende der Punkt fehlt“, Stilblüten aus amtlichen und privaten Schreiben, herausgegeben von Tochter Margit, Jahrgang 1957, und Emil Waas (dtv Nr. 962).

Als Opas Bart sich vor Erstaunen kringelte

Digest von Anno dazumal

Herderbücherei Band 476 ·

Heimweh nach der guten alten Zeit hat inzwischen eine ganze Generation überfallen. Man sammelt Gegenstände aus Opas heiler Welt und freut sich am Kitsch vergangener Tage. Von den kleinen und großen Sensationen, die die Leute damals bewegten, gibt das vorliegende Taschenbuch dokumentarisch Kunde.
Emil Waas, dessen „Heiteres Schilder-Sammelsurium" (Herderbücherei Nr. 438) zu den Humor-Bestsellern der Herderbücherei zählt, hat viele Zentner Zeitschriften und Familienblätter von 1850 bis 1900 durchgesehen, um seinen Lesern diesen „Digest von Anno dazumal" zu präsentieren. Er zeigt übrigens, daß Opas Welt vielleicht doch gar nicht so heil und gut war, wie wir uns das in nostalgischer Verklärung vorstellen.

in der Herderbücherei

Emil Waas

Spaß im Schilderwald

Herderbücherei

Originalausgabe
erstmals veröffentlicht als Herder-Taschenbuch
Umschlagfoto: Emil Waas

Herder Freiburg · Basel · Wien
Freiburger Graphische Betriebe 1975
ISBN 3-451-07525-3

Vorwort

„Störe meine Kreise nicht!" rief der berühmte antike Mathematiker Archimedes, als ein römischer Obergefreiter bei der Eroberung von Syrakus in seinen Garten eindrang und mit den Stiefelspitzen die geometrischen Figuren verwischte, die der Meister gerade in den Sand gezeichnet hatte. Ein Schild: „Bürger, schützt meine Anlagen" oder „Zutritt nur für Menschen, die denken können" hätte ihm vielleicht den ganzen Streit mit der Besatzungsmacht, der ihn um Kopf und Kragen brachte, erspart.

Schilder sind eben lebensnotwendig, aber vielleicht gibt es heute doch zu viele davon. Zählen Sie bitte einmal, lieber Leser, wie viele Schilder Sie morgens auf dem Weg zum Büro oder zum Bäcker mit Angeboten und Verboten begleiten! Einbahnstraße, Winterschlußverkauf, Bissiger Hund, Parken verboten, Heute Ruhetag – ein Wald von blechernen Ausrufezeichen.

Der Autor hat die kuriosesten Gewächse, die ihm auf seinen Streifzügen begegnet sind, mit Stift und Kamera festgehalten. Man sollte es nicht für möglich halten, daß es in diesem Schilderwald soviel zu lachen und zu schmunzeln gibt. Da bittet ein Wirt seine Gäste,

Pilzgerichte vor dem Verzehr zu bezahlen. Ein Beerdigungsinstitut verspricht Särge, die nicht nur 10 oder 20 Jahre, sondern ein ganzes Leben lang halten. Eine Schulverwaltung befiehlt: „Beim Herein- und Hinausgehen müssen die Türen geschlossen bleiben."

Für Mitbürger, die es nicht glauben wollen, hat der Autor den genauen Fundort notiert. Aber Sie brauchen nicht nach Kricheldorf, Wieblingen oder gar in die USA zu fahren, um Spaß am Schilderwald zu haben. Es genügt, auf dem nächsten Weg zum Büro oder zum Bäcker die Augen aufzuhalten — oder dieses Taschenbuch zu erwerben.

Paris, Flohmarkt, 1972
„Verkauf von besseren Gebissen"
„Hier kann man sie anprobieren"
„Einzelgebiß 5 Francs"
„Familiengebiß 4 Francs"

Bekanntmachung.

Sonntag, den
22.10.1893 soll die General-
versammlung der Lebens=
versicherung der Schweine
Nachmittags 3 Uhr im Gast=
haus zu Schwätz abgehalten
werden.
Der Vorstand.

Venedig, 1972,
Warnschild vor der Kirche
Santa Maria della Salute
„Gefahr! Herabfallende Engel!"

A c h t u n g !!

Der Vortrag des Herrn Oberstabsarztes Dr. B ö l e r über das Thema:

"Wie schütze ich mich gegen Erkältung?", muß wegen Erkältung des Vortragenden ausfallen.

Für die Richtigkeit:

San. Feldwebel

Hinweisschild am Schwarzen Brett, 1971

Stoßseufzer auf einem
Schild in Dithmarschen, 1969

„Während dem Rennen ist
der See für Fußgänger gesperrt!"
Schild an einem See
in Süddeutschland,
1898

Flaschenetikett für
„Kaiser Bi", 1910

Wieblingen, Volksschule, 1963

Wieblingen, 1973

In einem Dorf
am Starnberger See,
1892

Jeglichen Komfort für die verehrlichten Gäste um die Jahrhundertwende. Die Musike war kostenlos – allerdings nur für Nichtsteuerzahler.

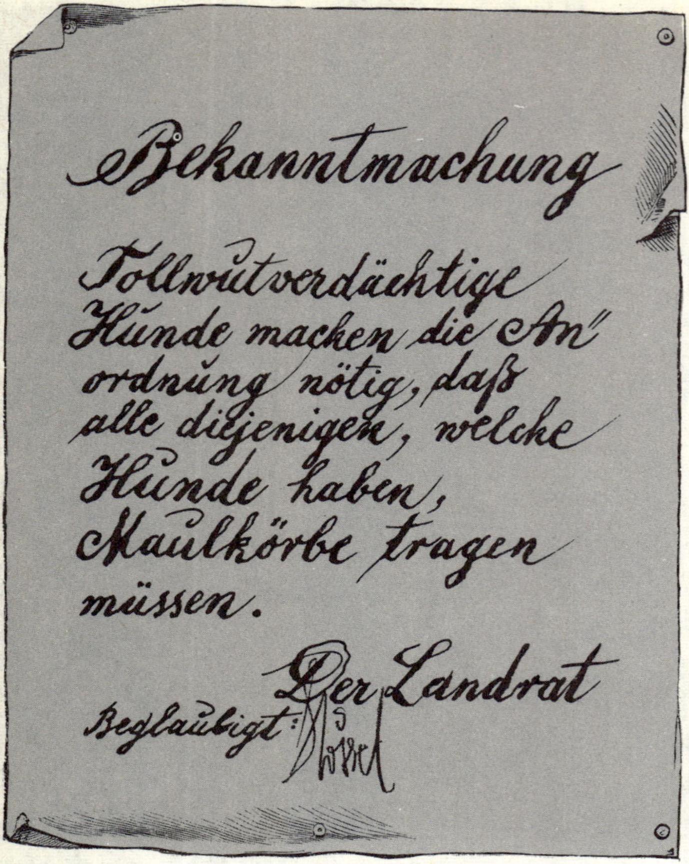

Bekanntmachung des Landrats
im Amtsbezirk Bruchsal,
1901

BERLINER KINDL
MITTAGSTISCH
Frühstück Stube
Georg Schimitzek
Mampe Halb u Halb
ROSSO ANTICO
Fanta
Coca-Cola
61
Echt Stonsdorfer
Wer unser Essen verträgt-
ist gesund !
Trink dich frisch Fanta
MARTINI

Berlin, 1970

Bei Freiburg, 1930

Schönau, 1961

Bei Himmelbergen / Dänemark
aufgenommen von
Karl Hugo Kühn,
1973

Bücherei in
Wiesentheid, 1951

Baden-Baden, 1904

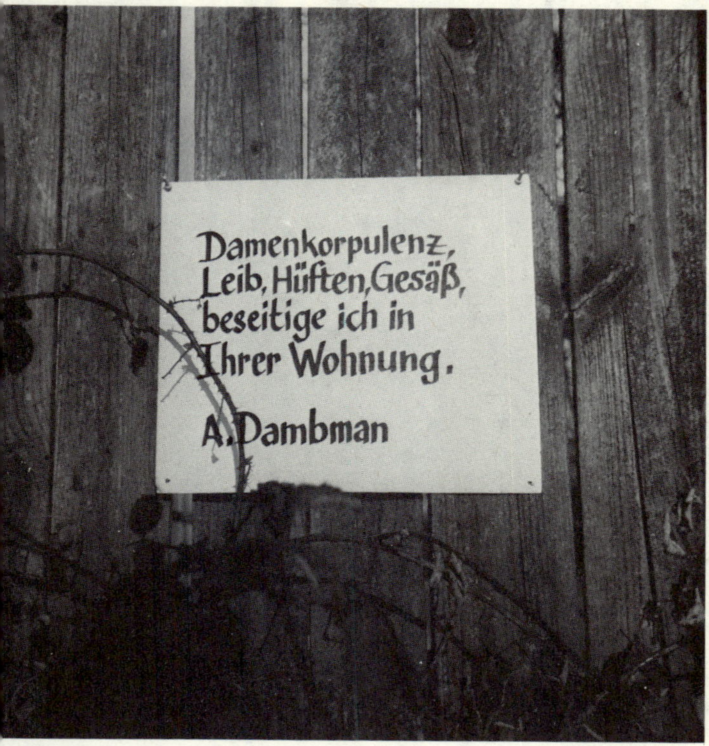
Damenkorpulenz,
Leib, Hüften, Gesäß,
beseitige ich in
Ihrer Wohnung.
A. Dambman

Kassel, 1970

Kleingärtnersiedlung
in der Pfalz, 1967

Heidelberg, 1972,
Gasthaus
„Zum Schützenhof"

Nordfriedhof in Düsseldorf,
1964,
aufgenommen von
Fritz Christmann, Lübeck

Arnswalde, 1907,
erschien mit gleichem Text
auch als Kleinanzeige

Heidelberg, 1973,
Steinzeitweg

In einem Vorort von
Hannover, 1972

Im Königlichen Garten
in Rosenborg, Dänemark
21. Mai 1972

Feuerbomben
zur Brandbekämpfung
auf der „Ausstellung
für Unfallverhütung" in
Berlin, 1889

Kricheldorf, 1891

Schwetzingen, 1925

Bei Frankfurt / Main, 1898

„Achtung! Weiße Mäuse!"
Privater Hinweis, 1961,
in Nordbayern,
auf die tätigen Streifen
der Verkehrspolizei.

Fundort mehrfach

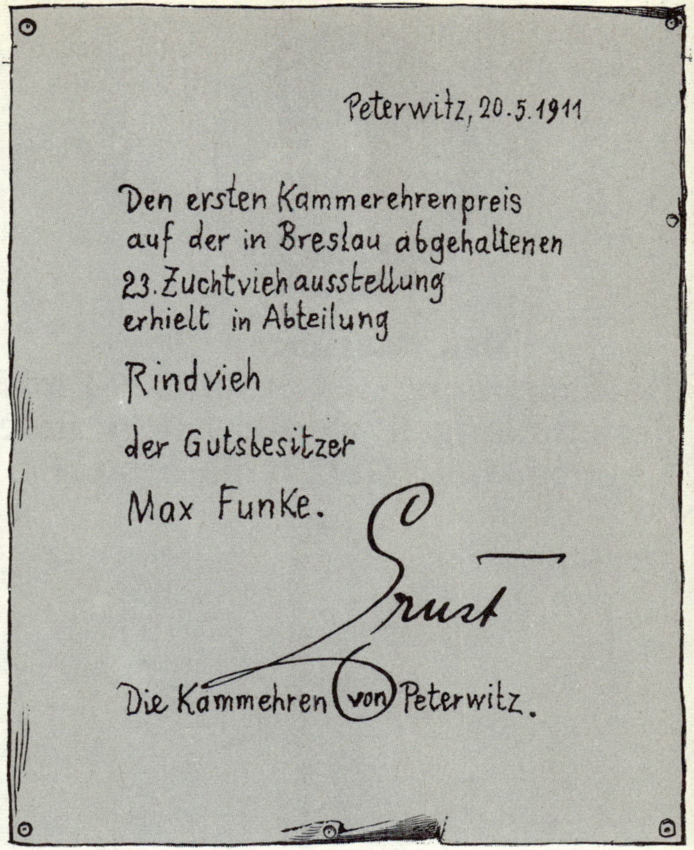
Peterwitz, 20.5.1911
Den ersten Kammerehrenpreis
auf der in Breslau abgehaltenen
23. Zuchtviehausstellung
erhielt in Abteilung
Rindvieh
der Gutsbesitzer
Max Funke.
Ernst
Die Kammehren von Peterwitz.

Warnschild
am Elektrizitätswerk
in Cherbourg,
1968

Hier gibt es
einen Ölofen,
sehr preiswert –
aber mit
Rechtschreibefehlern.

In einer Bank
in New York,
nach dem Schwarzen Freitag
1929

ZOO PALAST
Organe des Gelächters!
Zürcher Verlobung
Optiker Wolf
ZOO PALAST

Berlin, 1957

Durham, 30.6.1966

Liebe Daisy!

Die Krankenschwester brachte mich in ein kleines Hinterzimmer. Dort sah ich einen an die Wand gemalten breiten roten Pfeil, der am Fußboden in ein winziges Schild auslief. Als ich mich bückte, las ich auf dem Schild:
Sie sind jetzt in der richtigen „Stellung, um Ihre Spritze zu bekommen."

Bald mehr!
Immer Dein John

Nordengland

Schild im Goethe-Institut,
Kabul, Afghanistan

Essen-Borbeck, 1951

Neuweiler, 1909

Zwei Aprilscherze
in Heidelberg 1973
aufgenommen
von Hans Speck

Droschkenplatz
Rektorenwechsel
TAXI

Genesoe (Staat New York),
1949

Schild in einem
Kaufhaus in Hamm, 1954

Schwaigern, 1970

Maulbronn, 1972

Hier gelang
in Kiel 1956
die totale Eindeutschung
von Louis Seize
(Ludwig XVI.)

Und hier gelang
die totale Verfremdung
der Berufsbezeichnung:
Bäckergeselle

München, 1907

Hamburg, 1907

In Gaildorf (Kreis Schwäbisch Hall)
1973 fotografiert von
Horst Bartel
auf dem Pferdemarkt

In einer Kirche
in Finale Ligure,
(Riviera),
1972

München, 1956

Werbung für ein Luftverbesserungs-
mittel an einer öffentlichen
Bedürfnisanstalt in Paris,
1956

Hamburg, März 1973

Sonntag, 23. April

Providenz-Kirche

½10 Uhr Gottesdienst:

Pfarrer **Lic. Erfurth** von Elberfeld
wird über seine

soziale Arbeit am weiblichen Geschlecht

sprechen.

1908

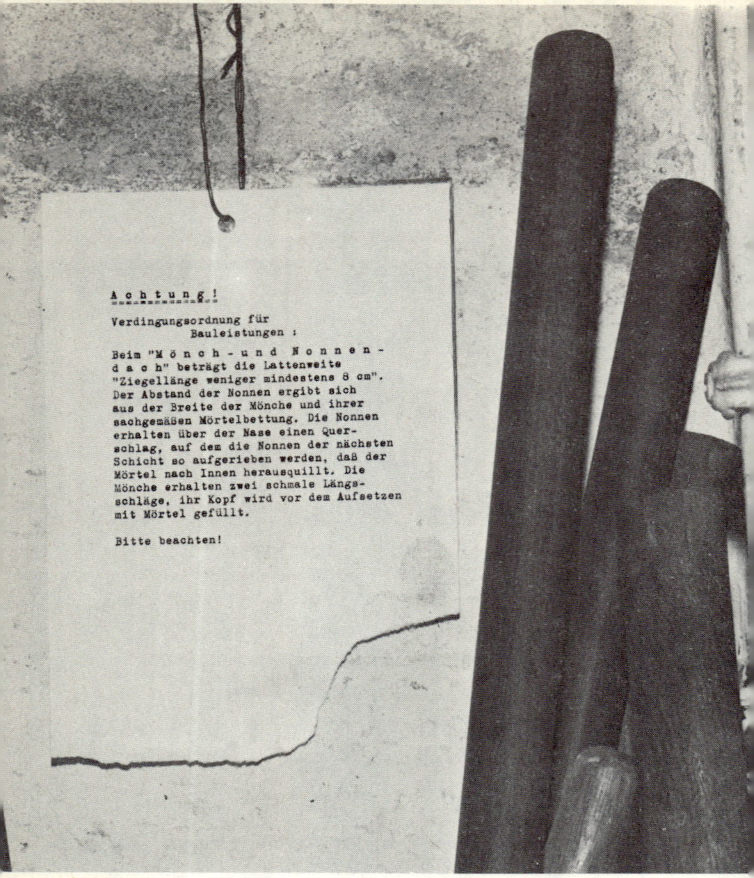

In einer Baubude bei
Köln, 1973

STADT ESSEN
Der Oberstadtdirektor

Aktenz. 34 — 2 — 2

Jeder Hund, der nicht ein
Halsband mit Marke
trägt, wird von dazu
befugten Organen gefangen
und sofort vertilgt!

STADT ESSEN
Dienststempel

Bertrand-Remy
24.7.1960

34-2/73 10000 9 60

Heppenheim, 1932

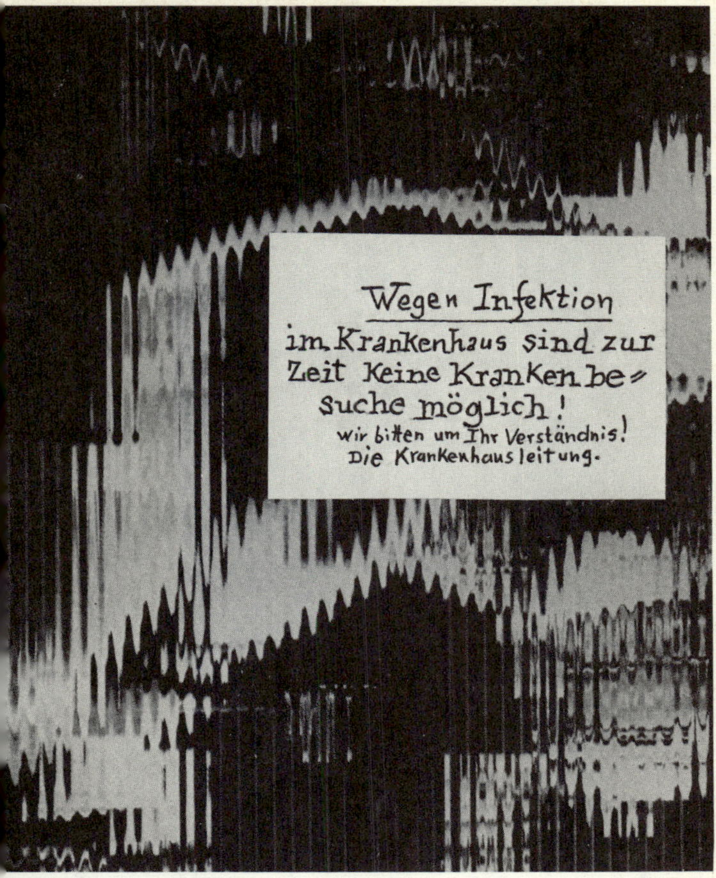

Wiesloch, 1970

Industriegebiet Walldorf, 1970

Worms, 1973

Ochsenkopf, 1973

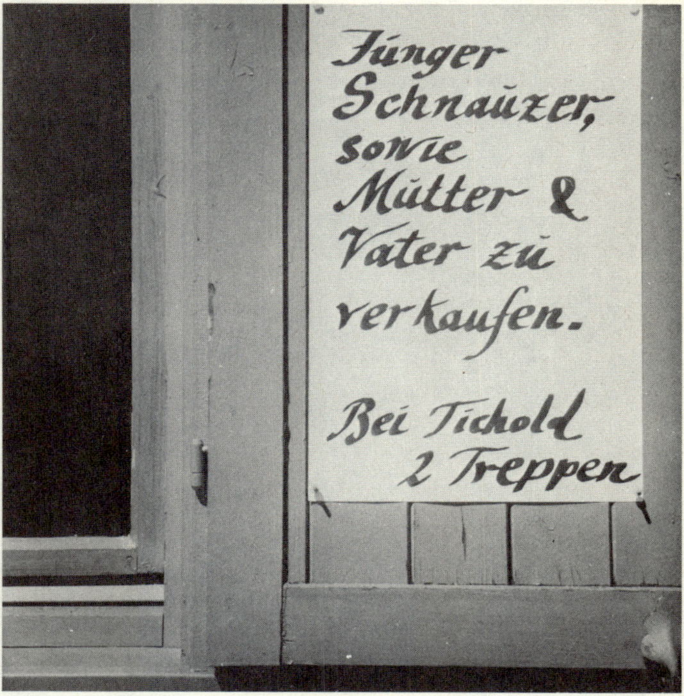

Langenhart, 1969

Freitag Bieranstich
durch den Herrn
Bürgermeister oder
einen anderen
Künstler.
Der Wirt.

Landau, 1970

New York, 1970

Cuxhaven, 1967

Stuttgart, 1965

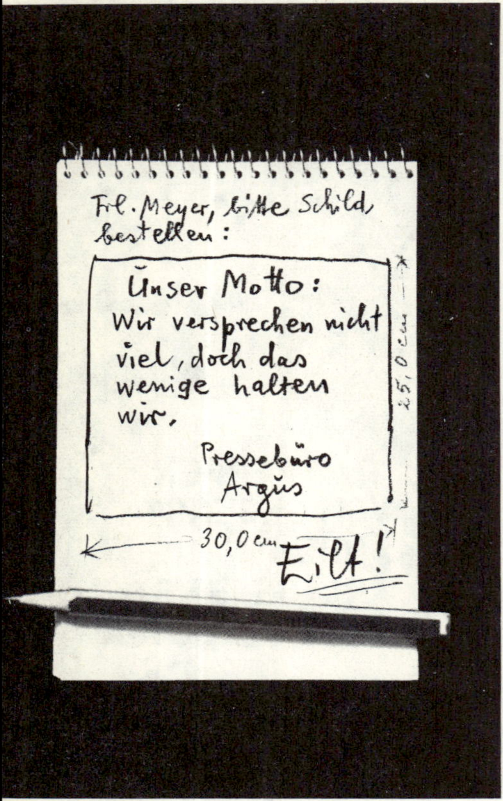

Stuttgart, 1973

Riesenschild in Berlin-Ost, 1971

Ich führe die Direction im Sinne der Eltern, der Herren Regimentscommandeure und der Moral.

Vorbildungsanstalt
Berlin, 1897

Ausrufung des
Wassernotstandes !

Das Baden in Badewannen
und das Duschen ist
einzuschränken!
Diese Anordnung wird
vom Beauftragten der
Gemeindeverwaltung
strengstens überwacht!

Gemeindeverwaltung
Wilgartswiesen / Pfalz

18. August 1972

Saarbrücken, 1969

Heidelberg, 1973

METZGEREI
Mädchen gesucht
das sich für Kalten
Aufschnitt eignet

Kiel, 1958

Überall in USA, 1970

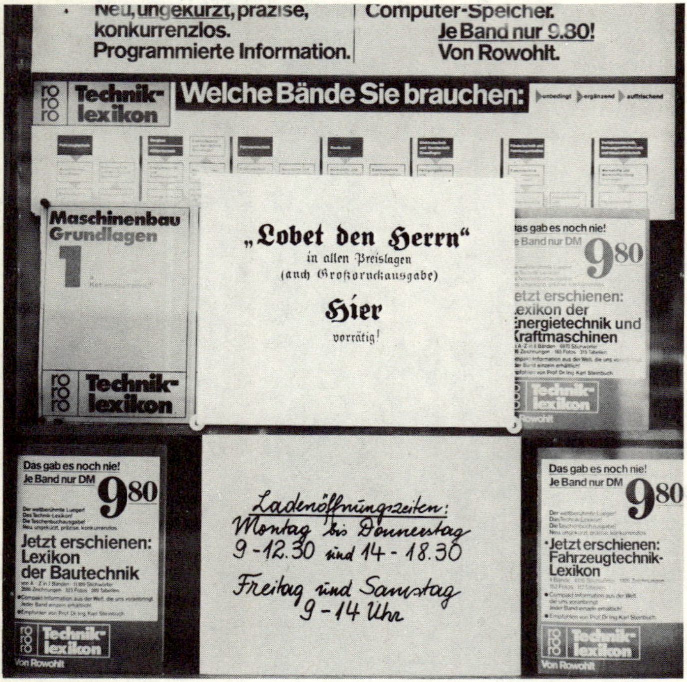

Heidelberg, 1973

Decken für
Babies, die
im Beisein
der Eltern
angefertigt
werden.

Worms, 1960

Kassel, 1961

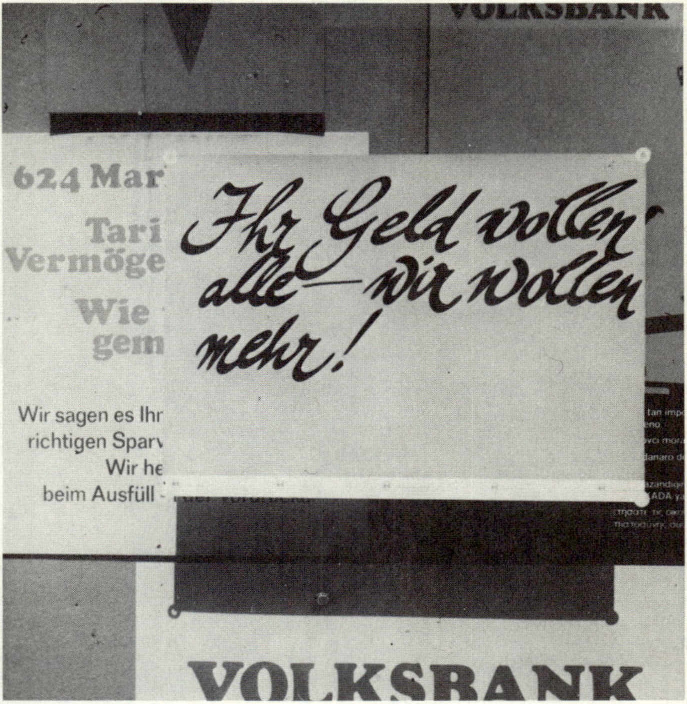
VOLKSBANK
624 Mar
Tari
Vermöge
Wie
gem
Ihr Geld wollen alle — wir wollen mehr!
Wir sagen es Ihr
richtigen Sparv
Wir he
beim Ausfüll
VOLKSBANK

Mainz, 1972

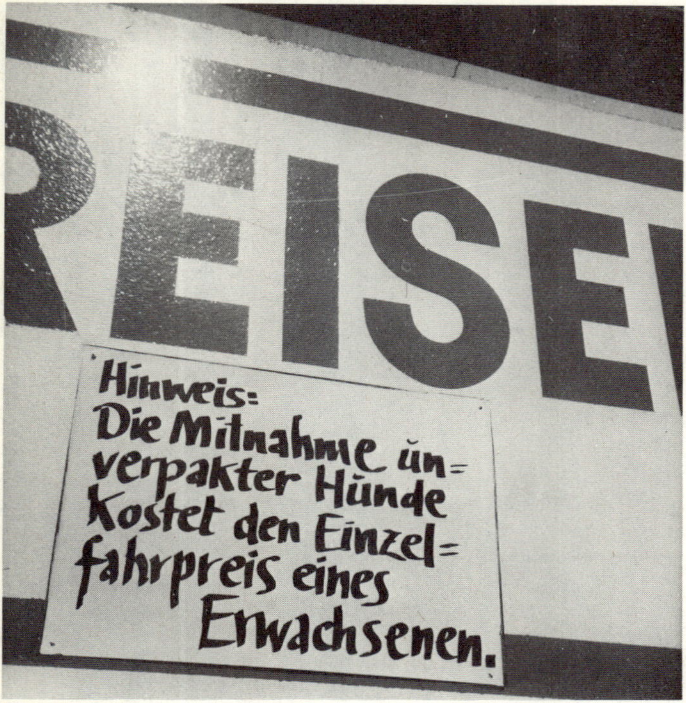

Schild an einem Reisebüro,
Nürnberg, 1969

HOSEN
SOMMER HOSEN
Mein Hosenladen ist auch Samstags offen!

Davos, 1973

Schriesheim, 1973

Wie wäre es, wenn
wir Ihre Schlaf=
zimmerprobleme
gemeinsam lösen
würden?

Landau, 1973

Wahlkampfschild der Liechtensteiner
Frauen, gegen die Vorenthaltung
des Frauenstimmrechtes,
Vaduz, 1969

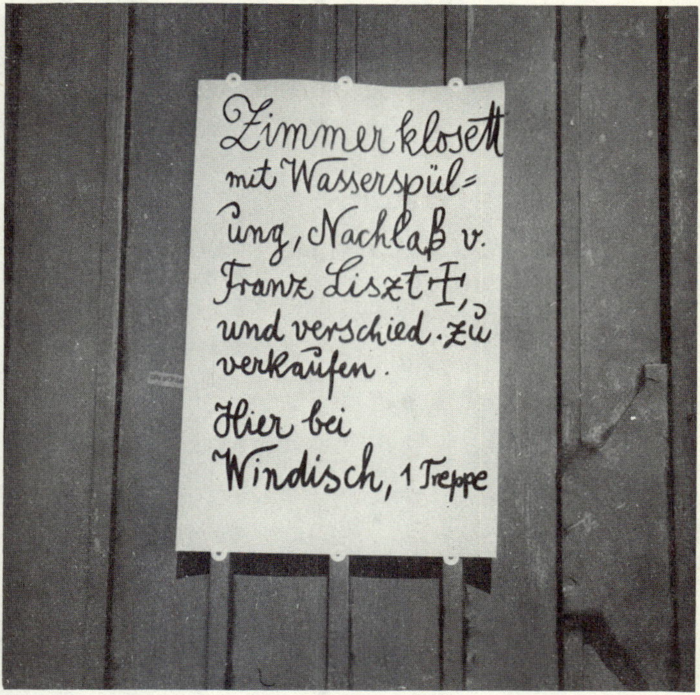
Zimmerklosett
mit Wasserspül=
ung, Nachlaß v.
Franz Liszt †,
und verschied. zu
verkaufen.
Hier bei
Windisch, 1 Treppe

Weimar, 1905

Bei Landau / Pfalz,
1973,
fotografiert von
Katharina Zilles

Verein für Mineralkunde

Betrifft: Unsere Tombola

Wenn nicht genug Spenden eingehen,
sehen wir uns gezwungen,
ein Konzert zu veranstalten.

Der Vorstand

Bonn, 1951

Betrifft: Vorschlagliste
für Schöffen
und Geschworene:

Nicht wählbar sind z. B. Richter, der Bundespräsident und andere Vorbestrafte.

Langenau, 24.8.1971

Lübeck, 1970

An einem Wohnhaus
in Hessigheim, Kreis Ludwigsburg,
1971

Osnabrück, 1954

Berlin, Grunewald, 1930

Bamberg, 1962

Hinweisschild für
Autofahrer
in Floridas Altenstadt
„Sun City",
1973

Supermarkt
in
Walldorf,
1973

Schild eines Philosophen,
1956

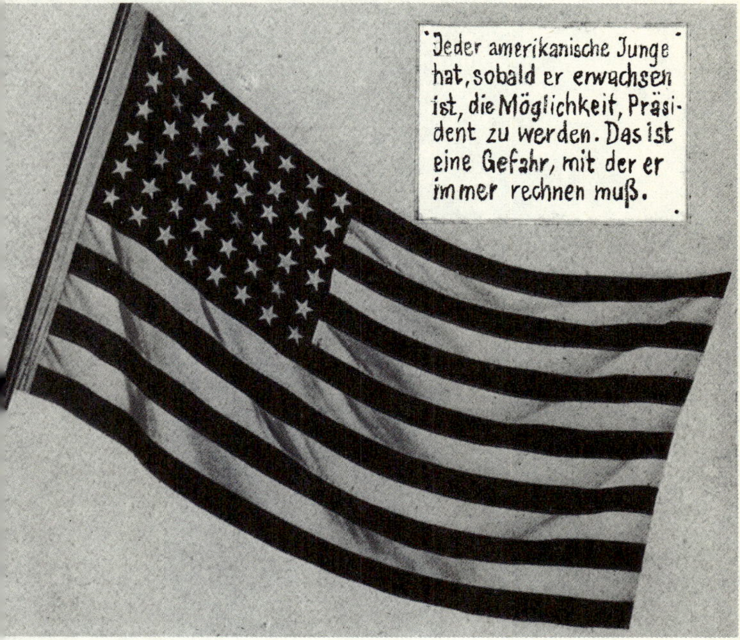
Jeder amerikanische Junge hat, sobald er erwachsen ist, die Möglichkeit, Präsident zu werden. Das ist eine Gefahr, mit der er immer rechnen muß.

USA, 1952

Hinweisschild in den
Farbenfabriken Bayer,
Leverkusen
1972

Nachdem die Maul-und Klauenseuche im Diakonissenmutterhaus erloschen ist, sind die Sperrmaßnahmen auf=gehoben worden.

Randow, 1926

Riddagshausen bei Braunschweig,
fotografiert von I. S.,
1973

Sankt Ilgen,
bei Heidelberg,
1970

Hinweisschild
in einem Hotel in Stuttgart,
1965

Birkesdorf,
1970

1½ weibl. Arbeitskraft
Textilreinigung
ZIEGLER - LANDAU
Trappengasse 18

1971

„Parken nur für Kirchgänger.
Parksünder werden getauft."
Schild vor der Baptisten-
Kirche in Alexandria, USA,
1970

Amtstafel

STADTGEMEINDE WIESLOCH

Das Betreten fremder Grundstücke und das Auflesen von Obst auf fremdem Eigentum ist verboten. Eltern, welche unterlassen, ihre Kinder von der Entwendung von Feldfrüchten abzuhalten, werden mit Geld oder mit Haft bestraft. Wir treffen folgende

ortspolizeiliche Anordnung:

1. Das Auflesen von Obst vor 6 Uhr morgens und nach 7 Uhr abends ist verboten. d. h. selbst der Eigentümer ist nicht berechtigt, das gefallene Obst unter seinen Bäumen vor 6 Uhr morgens und nach 7 Uhr abends zusammenzulesen.
2. Kinder dürfen sich nicht zwecklos oder ohne Aufsicht von Erwachsenen auf der Feldgemarkung aufhalten.

Wiesloch, 27. August 1936.

Der Bürgermeister.

Ein Herr sucht einen anderen Herrn, mit dem er Dame spielen kann.

Auskunft beim Ratschreiber.

Kornwestheim, 1971

Frauenstrafanstalt
Aichach, 1971

Schild in einem Schaufenster,
Würzburg, 1954

Die Schutzkleidung wird
nur für Verrichtungen zur
Verfügung gestellt, für
die das Tragen von Schutz-
kleidung vorgeschrieben
oder zugelassen ist.

Hinweisschild
für die Benutzung der
Arbeitskleidung für
Beamte des technischen
Überwachungsdienstes,
1970

Hamburg, 1970

Schild eines „Kulturreisedienstes"
in München,
1973

Techn. Zeichner
sucht Nebenbe=
schäftigung, eig.
Bett vorhanden.

Leimen, 1970

Schild am Kiosk
des Fremdenverkehrsvereins in
Lissabon / Portugal,
Neujahr 1973

Heusenstamm, 1974

Aufgenommen von
Erwin Großkinsky
in Duisburg-Großenbaum,
1973

Bei Neckargemünd,
1973

Weg mit den Schildern

. . . so lautet der Kampfruf des Komitees gegen den Schilderwald an den italienischen Autostraßen. Dies ist eines der Objekte aus der über 3000 Stücke umfassenden Schildersammlung des Emil Waas.

Die Herderbücherei wollte nun auch die Öffentlichkeit an der vergnüglichen Betrachtung von Hinweis-, Verbots-, Namens-, Wirtshaus-, Tür- und Reklameschildern teilhaben lassen und hat auf 144 Seiten Abbildungen der besten Stücke zusammengestellt. (Emil Waas: „Heiteres Schilder-Sammelsurium", Herderbücherei, Band 438, 3.90 DM, 2. Aufl.).

Liebe Gäste,
seien Sie nett zu unserer Bedienung; denn es ist in heutiger Zeit viel leichter, neue Gäste zu bekommen als neue Mitarbeiter.
Der Wirt

Schweizer Hotelhinweis
Saison, 1971

INFORMATION
Das Rauchen von Schulkindern ist verboten!

Kiosk beim Gymnasium in
Bruchsal, 1965

A. Hofmann
Eier- und
Geschlechtsprüfer

Türschild in Mannheim

Falls Ihnen die Rindfleischpreise zu hoch vorkommen, denken Sie daran, dass 1 Pfund Zigaretten 50 Mark Kostet!

Supermarkt in Montgomery,
USA, 1971

Schlechte Straße!
Nehmen Sie das Gebiß aus dem Mund!

Alabama, USA, 1935

Kunden gesucht
zum Waschen und Putzen in und außer dem Hause!

Gelsenkirchen, 1950

Wir bitten Sie, keine Kippen ins Becken zu werfen, wir pinkeln ja auch nicht in Ihren Aschenbecher.

Schild in der Herrentoilette
„Planten und Bloomen", Hamburg, 1970